Jorge Luis
Borges

Historia de la noche

夜晚的故事

［阿根廷］豪尔赫·路易斯·博尔赫斯 著

王永年 译

上海译文出版社

目 录

题　　词

为了地图册上的蓝海和世上的大洋。为了泰晤士河、罗讷河和阿尔诺河。为了一种铁的语言的词根。为了波罗的海海岬上的一堆篝火，helmum behongen[1]。为了高举着盾牌、横渡清澈河流的挪威人。为了我看不见的一条挪威船。为了阿尔辛的一块古老的石头。为了奇特的天鹅岛。为了曼哈顿的一只猫。为了吉姆和他的喇嘛[2]。为了日本武士傲慢的罪孽。为了一幅天堂的壁画。为了我们没有听到的一段和弦，为了我们不熟悉的诗句（诗句多如沙数），为了未被探索的宇宙。为了纪念莱昂诺尔·阿塞韦多。为了威尼斯的玻璃器皿和晨昏。

为了今后的你，为了我也许不懂的你。

为了这一切不同的事物，正如斯宾诺莎所预感的那样，这一切也许只是一件无限事物的表象和侧面，我把这本书呈献给你，玛丽亚·儿玉。

豪·路·博尔赫斯

一九七七年八月二十三日，布宜诺斯艾利斯

---

1 引自《贝奥武甫》第3139行，在盎格鲁－撒克逊语中意为“饰有头盔”。——原注

2 吉卜林1901年出版的长篇小说《吉姆》的主人公吉姆是个爱尔兰孤儿，流落在拉合尔，跟随一位西藏喇嘛漫游印度，后被其父亲生前的团队发现，送去上学，学校放假时仍回拉合尔找喇嘛。他对印度情况的了解帮助了英国情报组织。

亚历山大城[*]，公元六四一年[**]

混沌初开，亚当看到黑夜和白天，
以及他自己的手的形状，
人们就有了种种杜撰，
把围绕地球的一切和他们的梦想，
记载在岩石、金属和羊皮纸上。
这里是他们的成果：图书馆。
据说它储藏的书卷
数目之多超过了天上的星辰
和大漠的沙粒。
即使焚膏继晷，看瞎了眼睛，
也难以博览穷尽。

这里有逝去岁月的回忆，
英雄人物，刀光剑影，
有简洁的代数学符号，
有探索星球的学问，
星球的运行左右着人们的命运，
有药草和象牙护身符的功效，
有柔情缠绵的诗句，
有解释上帝迷宫的神学，
有从泥土里寻找金子的炼金术，
以及偶像崇拜者的幻想。
不信基督的人说，把它付之一炬，
历史便将荡然无存，他们错矣。
无数的书籍将从

---

* 亚历山大城有埃及国王托勒密建立的著名图书馆，藏书 70 万卷，曾遭恺撒的军队破坏，641 年又遭伊斯兰教史上第二任哈里发奥玛尔（586—644）焚毁。奥玛尔声称《古兰经》里已有人类需要的全部知识，经里没有记载的知识则是有害的，因此图书馆毫无用处。

** 难以置信的是奥玛尔提到了赫拉克勒斯的英雄事迹。我不知道是否应该指出这是作者的设想。真正的日期是 1976 年，不是伊斯兰教的第一世纪。——原注

人类夜以继日的勤奋中产生。

即使所有的书一本不剩，

他们还会写出每一页、每一行、

大力神的每一项事迹和爱情、

每一文稿的每一个教训。

伊斯兰教历的第一个世纪，

我，奥玛尔，波斯人的国君，

把伊斯兰教强加于全世界，

我命令我的士兵们

烧毁那个大图书馆，

但它并没有消失。

赞美不眠的上帝

和他的使徒穆罕默德。

阿尔罕布拉*

黑沙中间的小溪
水声淙淙赏心悦目，
大理石圆柱细润如玉，
手掌的感觉让人愉悦，
流水在柠檬树丛中
形成精致的迷宫，
塞赫尔[1]的音乐舒扬清越，
美好的爱，虔诚的祈祷
献给孤独的神道，
茉莉的清香让人们心旷神怡。
面对林立的长矛，

再坚韧的弯刀亦属徒劳，

不可能成为最好。

你将同甜蜜告别

宫殿的钥匙已不可及，

异教的十字架将抹去新月，

你现在看到的将是最后的傍晚。

一九七六年，格拉纳达

---

* 信奉伊斯兰教的摩尔人13世纪统治西班牙时期在格拉纳达建立的王宫，外观平淡无奇，进入正门后豁然开朗，建筑式样丰富多彩，装饰华丽，庭院雅致，令人叹为观止。

1 西班牙摩尔人的诗歌体。

《一千零一夜》的比喻

第一个比喻是河流。
大水浩渺。有生命的镜子
保存着亲切的奇迹，
原属伊斯兰，今天属于你我。
无所不能的护身符
也是个奴隶，听人摆布；
铜瓶里的精灵
被博学的封铅禁锢；
国王发了毒誓，
让他每夜的王后死于剑下，
孤苦无告的月亮；

用灰擦洗的双手；
辛伯达的航行，
渴望冒险，历尽艰辛，
没有受到神的惩罚；那盏神灯；
罗德里戈[1]看到种种征兆：
侵占西班牙的是阿拉伯人；
会下棋的猴子透露，
它原本是人，为妖法所苦；
害麻风病的国王；庞大的驼队；
在磁石山的引力下船舶撞碎；
酋长和羚羊；流体的世界
像浮云一样变幻着形状，
被命运或偶然性随意支配，
命运和偶然性本无差别；
可能是天使的乞丐，
还有那个名叫芝麻的岩洞。

---

1 日耳曼人的一支西哥特人曾入侵西班牙，410年建立王国，711年被穆斯林打败，罗德里戈是最后一位西哥特国王。

第二个比喻是地毯的图案，
呈现在眼前的是驳杂的色彩和线条，
看来似乎偶然，教人眼花缭乱，
其实它自有秘密的规律。
正如另一个梦——宇宙，
组成《一千零一夜》的
是监护的数字和习惯：
七个兄弟和七次航行，
三位民事法官
和望着千夜之夜的人的三个愿望，
在多情少女的披肩黑发里，
情人看到了三个夜晚的总和，
三位大臣和三次惩罚，
除此以外，还有上帝的数字：
始于一，归于一。
第三个比喻是梦，
阿拉伯人和波斯人
梦见隐秘的东方大门

或者已成灰烬的花果园，
人们还会做同样的梦，
直到他们生命的终结。
正如伊利亚派学者的悖论，
一个梦化为另一个，生生不息，
进行着无用的交织，
织成了无用的迷宫。
书中有书。王后并不知晓，
她讲给国王听的
是两人早已遗忘的故事。
先前的魔法使他们神魂颠倒，
连自己是谁都不知道。他们仍在梦中。
第四个比喻是时间的地图——
没有界定的领域，
逐渐增长的黑影、
不断消蚀的大理石
和世代更替的步伐。
一切的一切。声音和回响，

两面神看到的两个不同方向，

白银和红金的世界，

以及星辰不眠的长夜。

阿拉伯人说

谁都看不完《一千零一夜》。

它就是时间，从不入睡。

白天逝去，它仍在看书，

山鲁佐德仍向你讲她的故事。

某　　人

巴尔赫·内沙布尔，亚历山大城；名字无关紧要。我们不妨设想一个集市，一家酒馆，一个瞭望塔高耸、戒备森严的庭院，一条反映着一代又一代人的面庞的河流。我们不妨设想一个灰头土面的花园，因为附近就是沙漠。人们围成一圈，中间有个人在讲话。我们无法辨认（王国很多，世纪很多）模糊的缠头巾、炯炯有神的眼睛、青黄色的皮肤和语惊四座的刺耳的声音。我们人数太多；他也看不清我们。他讲的是第一位酋长和羚羊，以及那个自称为海洋辛伯达的尤利西斯的故事。

那人边说边打手势。他不知道（别人也不知道）他属于那位戴牛角头盔的亚历山大召来排遣夜晚闲暇的游唱歌手的一类人。他不知道（也永远不会知道）他给了我们恩惠。他以为自己是替少数人讲故事，挣几个小钱，但在过去遗忘的日子里编了《一千零一夜》。

音 乐 盒

日本音乐。
滴漏里悭吝地流出
缓慢的蜜滴或者无形的黄金，
在时间过程中重复一个模式，
永恒而脆弱，神秘而清晰。
我担心每一滴之后不会再有。
是昨日的回返。它遥远的将来
是从哪个庙宇、
山中哪个小花园、
不知名的大海前的守望、
羞涩的忧伤、

失去又找回的傍晚

来到我身边？

我不知道。这无关紧要。我就是那音乐。

我希望如此。我在消逝。

虎

大家瞅着它在坚固的栅栏那面来回逡巡，蕴含着无穷的力量，俊美而不幸。那天早晨在巴勒莫的虎，东方虎，布莱克、雨果和希尔汗的虎，古往今来的虎，也是标准型的虎，因为就它而言，个体代表了整个物种。我们认为它残忍而美丽。一个名叫诺拉[1]的女孩说：虎是为了爱而存在的。

1　博尔赫斯的妹妹。

狮

它没有虎的辉煌的节律，
没有豹的天生的斑点，
没有猫的隐秘。在猫科动物中，
它最少猫科的特征，
但始终激起人们的想象。
金纹章和诗句里的狮子，
伊斯兰庭院和《福音书》中的狮子，
雨果的广袤世界里的狮子，
迈锡尼[1]城门上的狮子，
迦太基的被折磨死的狮子。
在丢勒震撼人心的铜版画[2]里，
参孙强有力的手把它撕成碎片。

神秘的狮身人面像有它的一半，

在黑影幢幢的洞穴里守着窖金的

狮身鹰头兽也有它的一半。

它是莎士比亚的象征之一。

人们把它雕刻在山头，

把它的形象绣在旗帜上，

用它为众人之上的国王加冕。

弥尔顿昏暗的眼睛

看它第五天冒出泥土，

张开两只前爪，

仰起轩昂的头。

它在迦勒底的轮子上闪闪发光，

神话将它大肆宣扬。

像狗一样的动物

吃着雌兽为它叼来的猎物。

---

1 古希腊城市，城门有石狮子浮雕，遗迹至今犹存。

2 指丢勒的名作《骑士、死神与魔鬼》。

恩底弥翁在拉特莫斯山*

我睡在山顶，希腊的夜晚
高处寒冷，岁月磨损了
我俊美的身躯，半人半马怪
放慢了奔驰的脚步，
窥视我的梦境。
我喜欢睡眠，
好在梦中逃避记忆，
把我们的负担卸去，
不再是人间的我们。
狄安娜，月亮女神，
见我睡在山岭，

徐徐降临到我怀抱，
火红夜晚的黄金和爱情。
我紧闭凡俗的眼睛，
不敢看那明丽的容貌
被我凡俗的嘴唇亵渎。
我吸入月亮的香泽，
她不断地呼唤我的名字。
啊，明丽的面颊和我偎依，
啊，爱情和夜晚的湍流，
啊，人的亲吻和弓的紧绷，
我不知道我的艳遇持续多久；
有些东西无法计量。
正如纷繁的花簇和漫天的雪片。
人们躲着我。为月亮所爱的人
使他们觉得害怕。

---

* Endymion，希腊神话中俊美的牧羊青年，夜间在拉特莫斯山上露宿，月亮女神塞勒涅（即罗马神话中的狄安娜）怜其寒冷，下来吻他，睡在他身边。牧羊人为梦境所迷，祈求主神宙斯让他永远睡在山上，永葆青春。

岁月流逝。不眠之夜，
我也感到忧虑。
我自问山上那金色的混乱，
真有其事，或者只是梦幻。
我一再告诉自己，昨天的记忆
和梦本无区别，
可是无法把自己说服。
我孤独地踏遍人间道路，
但始终在灵感的夜晚
寻找宙斯的女儿，那冷漠的月亮。

评 注 一 则

经过二十年的艰难困苦和离奇的冒险之后，拉厄耳忒斯之子尤利西斯回到了他的家乡伊萨卡。他用剑和弓报了应报的仇。佩涅洛佩十分惊怕，见面不敢相认，为了考验尤利西斯，她提到一个只有他们两人知道的秘密：他们的婚床，那张床无人能挪动，因为制作床的橄榄木已经在地上生了根。这就是《奥德赛》第二十三卷叙述的故事。

荷马深知讲述故事应该用转弯抹角的手法。以神话作为天然语言的希腊人也知道这一诀窍。生根的婚床的寓言是一种比喻。王后看到陌生人的眼神，在她的爱中发现尤利西斯的爱时，就知道他是国王。

我连尘埃都不是

我不愿意做现在的我。
悭吝的命运给了我十七世纪，
卡斯蒂利亚的尘埃和惯例，
重复的事物，带来今天的早晨
给了我们明日的前夕，
神甫和理发师的谈话，
时间留下的孤寂，
以及一个混混噩噩的侄女。
我已经上了年纪。
偶然翻到的书页
向我揭示了阿马迪斯和乌尔甘达[1]，

他们一直在找我，我却不熟悉。
我卖掉土地，买进书籍，
书里完整地记叙了业绩：
圣杯承接的
是圣子为了拯救我们而流的人血，
默罕穆德的黄金偶像，
武器，雉堞，旗帆，
以及魔法的操作。
信奉基督的骑士们转辗南北
踏遍世上的王国，
用剑仲张正义，
维护遭到凌辱的荣誉。
但愿上帝派遣使者
为我们的时代恢复高尚的行为。
我在梦中看到了那情景。

1 均为西班牙骑士小说《阿马迪斯·德·高拉》中的人物，该书 15 世纪时已流传，1508 年萨拉戈萨印行的版本认为作者是罗德里格斯·德·蒙塔尔伏。塞万提斯曾赞扬小说主人公阿马迪斯是“完美的骑士”、“忠诚的情人”、“纯洁而有诗意”。

我形影相吊，有时切身感到。
我还不知道他的名字。我，吉哈诺，
将成为那位勇士。我将实现梦想。
这座古老的房屋里有一面皮盾、
一把托莱多刀、
一杆长枪和真正的书籍，
对我的手臂作了胜利的承诺。
我的手臂？我看不到自己的脸
在镜子里没有反映。
我连尘埃都不是。我是个梦，
在梦中和清醒时，
织出我的父兄塞万提斯，
他曾在勒班陀海上作战，
懂点拉丁文和少许阿拉伯文……
为了让我梦见另一个，他常青的记忆
将成为人们生活的一部分，
我祈求上帝说：
我的梦想者，请继续梦见我。

冰　岛

太平洋上的冰岛，你的存在
是所有人的幸运。
白雪无言，海水翻腾，
冰岛的黑夜
笼罩不眠和熟睡的人们。
冰岛的白天像巴德尔[1]一样
朝气蓬勃，但不能永葆青春。
隐秘的岛屿，冷峻的玫瑰，
你唤起了日耳曼的回忆，
为我们抢救了
它泯没的神话：

一个指环化为九个，
铁的丛林里狼群出没，
将吞噬月亮和太阳，
某人或某物用死人的指甲
筑造了船舶。
冰岛的火山口蓄势待发，
畜栏阒寂无声。
冰岛的下午静止不动，
体魄强健的人民
发现过一个大陆，今天是
水手、船夫和教区牧师。
岛上的马匹鬃毛飞扬，
繁衍在熔岩和草场，
岛上的水流满是钱币
和无穷的希望。

1 Baldr，斯堪的纳维亚神话中奥丁和弗里加的儿子，光明之神，出生时弗里加宣布任何东西伤害不了她的儿子，但忘了提槲寄生，巴德尔的情敌霍德尔得悉这一秘密后用一根槲寄生枝杀死了他。

剑和如尼文的冰岛，

笼罩冰岛的记忆

却不是怀旧的情绪。

贡纳尔·托尔吉尔松
（1816—1879）

时间的记忆
充满了刀剑和船舶，
帝国的灰烬，
六韵步诗句的吟诵，
剽悍高大的战马，
呐喊声和莎士比亚。
我要回味的是那一次
你在冰岛给我的亲吻。

一　本　书

它仅仅是众多事物中的一件，
但也是武器。一六〇四年，
它在英格兰铸造，
被赋予了一个梦想。
包含声音、愤怒、夜晚和猩红。
我把它放在手掌上端详。
谁说它还包含地狱：
掌管寿命的长胡子的女巫，
执行黑暗法律的匕首，
你将瘐死其中的空气稀薄的城堡，
也能使海洋被血染红的纤纤小手，

刀剑和厮杀的呼喊。

在那安静的搁板上的一本书里，
沉睡着无声的混乱。
沉睡并在等待。

游　　戏

他们互不瞅着对方。两人在昏暗中表情严肃，默然无语。

他握住她的左手，把象牙指环和银指环摘下又戴上。

然后又握住她的右手，把两只银指环和一只镶宝石的金指环摘下又戴上。

她交替伸出左右手。

这样过了片刻。手指交叉，手掌相贴。

仿佛害怕搞错似的，他们缓慢而细心地玩着游戏。

他们并不知道，为了将来在某个具体的地方发生某件具体的事情，那游戏是必不可少的。

陌生人的米隆加

故事大同小异，
总有相似之处；
布宜诺斯艾利斯
和东岸郊野都这么传说。

打交道的人总是两个，
一个本地人，一个来自外地；
时间总是在下午。
长庚星已经出现。

他们素未谋面，

以后也不会相见；
他们的争端不是财产，
也不是女人的青睐。

陌生人听说
当地有位好汉。
专程前来领教，
在人们中间寻找。

他的邀请合乎礼数，
没有吵闹也没有威胁；
两人心领神会，走了出去，
免得惊动酒店。

两人已经出手，
刀影血光搅成一团，
一个人已经倒地，
快要断气，但没有呻吟。

那天下午他们初次见面。
以后不会再见；
驱使他们的不是贪婪，
也不是女人的爱情。

刀法娴熟或体格强健，
都不是决定因素；
丧命的那个总是
自己找死的人。

那些人生在世上，
只为了那类较量；
他们的面目已经消失，
他们的姓名也将泯灭。

命 中 注 定

两条交叉的街道之一可能是安第斯街或圣胡安街或贝尔梅霍街。在那凝滞不动的傍晚，埃塞基耶尔·塔瓦雷斯在等待。他站在不招眼的街角上，监视着半个街区以外的那个大杂院半开的大门。他没有不耐烦，不过有时走到对面的行人道，进了那家冷清的杂货店，同一个店员给他同样的不辣喉咙的杜松子酒，他付了几枚铜币，然后回到原先的位置。他知道，要不了多久钦戈就会出来，那个夺走了他的马蒂尔德的钦戈。他右手伸进上衣，摸摸插在腰带上的匕首把柄。他早就不想那女人了；心思全在那男人身上。他感到落后街区的寒碜模样：带栅栏的窗户、屋顶平台、砖铺地或泥土的庭院。他并不知道他周围的布宜诺斯艾利斯已像一株疯长的植物那样唰唰窜了上去。他没有看到（不允许他看）新建的房屋和笨重的公共汽车。人们进进出出，他却不知道。他也不知道自己在受罚。他被仇恨压倒了。

今天，一九七七年六月十三日，那个好勇斗狠的、已经死去的埃塞基耶尔·塔瓦雷斯注定要回到一八九〇年的几分钟，他在一个永恒的傍晚用右手手指抚摸着一把不可能存在的匕首。

布宜诺斯艾利斯，一八九九年

水池。池底的龟[1]。

院子上空

给孩子带来幻想的星辰。

祖传的银器

在乌木上的反映。

时间消逝，开始什么都没有发生。

在沙漠里叱咤风云的马刀。

一位死去的军人威严的脸庞。

潮湿的门厅。古老的住宅。

原归奴隶们的院子

覆盖着葡萄藤的浓阴。

巡夜人在人行道上吹着口哨。

分币在扑满里沉睡。

只有可怜的平民百姓

在寻找忘却和挽歌。

1　图库曼大街840号博尔赫斯故居院内有一贮水池，池中有一石龟。

马

一开始就在等待的平原。最远的几株桃子树那头，水边有一匹大白马，眼神惺忪，仿佛控制了早晨的景色。弯弓似的脖子，飘拂的鬃毛和尾巴像是一幅波斯版画。遒劲有力，由长长的弧线组成。我想起乔叟的诗行：a very horsely horse（一匹神骏的好马）[1]。没有与之对比的标识，它又不在近处，但是知道它肯定很高大。

已经到了中午，什么都没有。

眼前现在只有那匹马，然而有些明显的东西，因为它也是马其顿亚历山大大帝梦中的马。

---

1 我必须纠正一行引文。乔叟（《侍从的故事》，194）写的是：Therwith so horsly, and so quik of yë（和一匹真马无异，那眼睛转动敏捷）。——原注
这句译文引自方重译《坎特伯雷故事》。

铜　版　画

我一开锁，看到那幅铜版画，
画里的鞑靼人骑着马，
用套索把草原狼捕捉，
我为什么又会感到旧时的惊讶？
那只凶兽不停地挣扎。
骑手凝视着它。
我记得那是一本书的插画，
颜色和文字已经淡漠。
有时候记忆让我害怕。
它的岩洞和宫殿藏有那么多事物，
(这是圣奥古斯丁说的话)，

包括地狱和天国。

你最平凡最微不足道的白天

和你夜里的任何梦魇，

打入地狱就已足够；

天国应该容纳仁人的爱，

干渴喉咙里水的清凉感，

理智和理智的运用，

不变的乌木的光滑，

或者维吉尔的金子。

可能发生的事情*

我想着那些可能而没有发生的事情。
比德没有写的撒克逊神话专论。
但丁修改了《神曲》最后一行诗句时，
隐约看到的不可思议的作品。
没有那个十字架和毒芹[1]的下午的历史。
没有美貌的海伦的历史。
人们没有借以看到月亮的眼睛。
奠定南方胜利的葛底斯堡[2]三天鏖战。
不是我们共享的爱情。
北欧海盗无意建立的辽阔帝国。
没有轮子或没有玫瑰的世界。

约翰·多恩[3]对莎士比亚的评价。

独角兽的另一只角。

同时在两地的爱尔兰神话鸟。

我未曾有的儿子。

---

* 标题原文为英文。

1 指耶稣被钉上十字架和古希腊哲学家苏格拉底被迫服毒芹自杀的故事。

2 1863 年 7 月 1 日至 3 日，美国南北战争期间，北军在宾夕法尼亚州葛底斯堡鏖战三天，打败了南军。

3 John Donne（1572—1631），英国诗人，“玄学派诗歌”的代表，早期写爱情诗歌和讽刺诗歌，晚年写宗教诗、布道文等，美国作家海明威的小说《丧钟为谁而鸣》书名即引自多恩的布道文。

恋　　人

月亮、象牙、乐器、玫瑰、
灯盏和丢勒的线条，
九个数字和变化不定的零，
我应该装作相信确有那些东西。
我应该装作相信从前确有
波斯波利斯和罗马，
铁器世纪所摧毁的雉堞，
一颗细微的沙子确定了它们的命运。
我应该装作相信
史诗中的武器和篝火，
以及侵蚀陆地支柱的

沉重的海洋。

我应该相信还有别的。其实都不可信。

只有你实实在在。你是我的不幸

和我的大幸，纯真而无穷无尽。

戈·奥·毕尔格*

我现在还不明白，

为什么毕尔格的遭遇

(百科全书上有他的生卒年月)

使我如此感动，

他所在的城市

位于平原的一条河畔，

岸边长的是棕榈，不是松树。

他像所有的人一样，

说过谎话也信过谎话，

受过蒙骗也辜负过别人，

他多次受到爱情的折磨，

长夜难眠之后，
看到的是灰暗的黎明，
但是他向往莎士比亚伟大的声音
（还有别人）和布雷斯劳的
西里西亚的安杰勒斯的声音；
他装作漫不经心，
按照他时代的风格，
揣摩一些诗句。
他知道现在不是别的，
只是过去的转瞬即逝的微粒，
我们由遗忘构成：
那种智慧毫无用处，
有如斯宾诺莎的推论
或者恐惧的魔术。
停滞不动的河畔城市里，
一位神死后的两千来年后

* Gottfried August Bürger（1747—1794），德国抒情诗人，著有《歌谣集》等。

（我谈的是古老的历史），
毕尔格寂寂一身，
正在揣摩一些诗句。

等　　待

啊，我焦急等待的人，
在响起急促的铃声，
打开门，你进来之前，
世界上还得完成
一连串具体的事情。
谁都无法计算那种纷乱，
镜子里倍增的映像，
拖长而又回归的黑影，
分散而又汇合的脚步。
（在我的胸膛里，血的时钟
在衡量等待的吓人的时间。）

在你来到之前，

修士要梦见一个船锚，

苏门答腊要死去一只老虎，

婆罗洲要死去九个人。

镜　　子

我从小就害怕
镜子把我照出另一张脸，
或者一张没有个性的面具，
它肯定会掩盖难以忍受的东西。
我还害怕镜子沉默的时间
逸出人们惯常钟点的轨迹，
在它虚构的模糊的空间
容纳新的物体、形状和颜色。
（我没有对任何人说；孩子总是胆怯。）
现在我害怕镜子里

是我灵魂的真正面目，

他已受到阴影和过错的伤害，

上帝看到，人们或许也看到。

致法兰西

城堡的山墙上刻有这些文字：

你进来前早已在此地，

你离去时不会知道你将留下。

这则寓言的作者是狄德罗[1]。

这里有我的许多时日。

别的喜好和广泛的涉猎

曾使我偏离，

但我从没有不在法兰西，

当我在布宜诺斯艾利斯某地愉快地

响应死神的召唤时，我仍将到法兰西。

我不说黄昏和月夜；我说魏尔兰。

我不说海洋和宇宙起源；我说雨果的名字。
我不说友谊；而说蒙田。
我不说火，只说圣女贞德，
我回想起的黑暗并没有削弱
一连串美好的事物。
巴斯塔多的行吟诗人
唱着《罗兰之歌》投身战斗，
他没有看到结局，
但预感到了胜利，
你以什么诗句进入我的生活？
坚强的声音流传了许多世纪，
所有的剑都是杜伦达。

1 Denis Diderot（1713—1784），法国哲学家、作家，长期主持《百科全书》编辑工作。

曼努埃尔·佩罗

你慷慨地给予
真诚的友谊。你是好兄弟，
我们患难的时候，
对你完全可以信赖，
或者什么都不说，让你猜测
自尊心不愿吐露的事情，
你热爱丰富多彩的世界，
人们奇特的性格之谜，
沉思的烟草的蓝雾，
直到凌晨的交谈，
纹章学的抽象的象棋，

有阿拉伯图案的纸牌，
鲜果和野禽的美味，
提神解困的咖啡
和欢聚庆贺的葡萄酒。
我见过，雨果的一句诗使你着迷。
怀旧是你灵魂的习惯。
你喜欢生活在遗忘的世界，
在南区或者巴勒莫的街角
刀客们的神话里，或者
在你无缘目睹的地方：
成熟的法兰西，
来复枪和黎明的美洲。
在广阔的早晨，你专心创作
终古常新的故事，
用我们昔日英勇的事迹
冲淡今天的苦涩。
这首诗不是挽歌。
我没有按修辞的要求

提到泪水和大理石。

窗外天色已晚。

我们只是平铺直叙

谈着一位亲爱的朋友，

他不能死去。他也没有死去。

我 就 是 我*

我忘了自己的名字。我不是博尔赫斯。
(博尔赫斯在维尔德半岛死于枪弹之下),
我不是向往战争的阿塞韦多,
不是埋头看书
或者早晨接受死亡的我的父亲,
不是远离诺森布里亚、
解读《圣经》的哈斯拉姆,
不是手持长矛冲锋陷阵的苏亚雷斯。
我几乎不是那些错综复杂的影子
所投下的影子。
我是他们的回忆,但我也是另一个。

那人像但丁和所有的人一样
到过奇异的天国
和许多必经的地狱。
我是我自己看不见的躯体和面庞。
我是残阳将尽，那个听天由命的人，
用与众稍有不同的方式
摆弄卡斯蒂利亚语的词句，
叙说寓言故事，
穷尽所谓的文学。
我翻阅百科全书，
皓首穷经，锲而不舍，
我幽居在满是书籍的屋子，
书里的文字对我是茫然一片，
我在昏暗中揣摩推敲
以前在罗讷河畔学的六韵步诗，
我想用费德罗和维吉尔的笔法，

* 标题原文为英文。

保存逃离愤怒的火与水的世界。

逝去的景象困扰着我。

我是马格德堡或如尼文字

或西里西亚的安杰勒斯的对句

突然的回忆。

除了回忆幸福的时光，

我得不到别的慰藉。

有时候我得到了不该有的幸福。

我知道我只是一个回声，

希望无牵无挂地死去。

我也许是梦中的你。

这就是我。正如莎士比亚所说[1]。

1　莎士比亚喜剧《皆大欢喜》中的人物帕罗勒斯在第四幕第三场遭到贬黜后说：“我不再是队长了 / 但我仍可以像队长那样 / 吃、喝、睡得舒舒服服 / 我之所以能活下去 / 正因为我就是我。”
英国小说家斯威夫特去世前精神失常，独自在屋子里走来走去，不停地说：“我就是我。”——原注

星　期　六

空荡荡的宅子里一个盲人
徘徊在几个有限的方向，
他摸着延伸的墙壁
和二道门上的玻璃，
心爱的书籍已无缘翻阅，
只能抚摸毛糙的书脊，
祖传的银器黯淡无光，
他摸着水龙头和墙上的装饰线脚，
以及一些不知面值的钱币和钥匙。
他孤身一人，看不到镜子里的映像。
他来回踯躅。用手触摸

书架第一块搁板的边缘。
他不由自主地躺在孤独的床上，
觉得在垂暮之年
没完没了所做的一切
都服从他所不明白的游戏规则，
由一位无法解释的神支配。
他大声背诵经典著作的片段，
推敲动词和形容词的变化，
不管好歹，写下了这首诗。

原　因

潮起潮落，世代交替。

日复一日，永远没有第一。

亚当喉咙里水的清新感觉。

井然有序的天堂。

辨认黑暗的眼睛。

黎明时狼的爱情。

语言。六步韵诗。镜子。

通天塔和狂妄自大。

数不尽的恒河沙粒。

庄子和他梦见的蝴蝶[1]。

岛上的金苹果[2]。

流动迷宫的通路。

佩涅洛佩永远织不完的麻布[3]。

斯多葛派的时间循环。

死者口中含的钱币。

天平上剑的重量。

滴漏里的每一滴水。

鹰、古罗马日历和军团。

法萨利亚早晨的恺撒[4]。

十字架洒在地下的影子。

波斯人的象棋和代数学。

---

1 《庄子・齐物论》："昔者庄周梦为胡蝶，栩栩然胡蝶也；自喻适志与，不知周也；俄然觉，则蘧蘧然周也。"

2 希腊神话中的珀琉斯与忒提斯结婚时，掌管争执的女神厄里斯带来一只金苹果，上有"属于最美者"字样。参加婚宴的天后赫拉、智慧女神雅典娜和爱神维纳斯都自以为最美，应得金苹果，争执不下，请特洛伊王子帕里斯公断，并分别以荣誉、富贵和美女私许帕里斯。帕里斯愿得美女，把金苹果判给维纳斯，后来得到她的帮助，诱走斯巴达国王的妻子海伦，引起特洛伊战争。

3 荷马史诗《奥德赛》中特洛伊战争期间，奥德修斯之妻佩涅洛佩在家乡伊萨卡遭到求婚的贵族们纠缠，便宣称织完手头的麻布后考虑选一求婚者，她白天纺织，夜间拆掉，拖延到奥德修斯归来，将求婚者统统杀死。

4 公元前 48 年，恺撒在法萨利亚被庞培击败，不久后，罗马历 8 月 9 日，恺撒以半数兵力在法萨利亚出奇制胜。事见古罗马诗人卢坎的史诗《法萨利亚》。

长途移民的路线。

武力征服的王国。

无休无止的罗盘。开阔的海洋。

钟表在记忆中的回声。

被利斧斩首的国王。

变成遍野白骨的军队。

丹麦夜莺的歌唱。

书法家一丝不苟的笔触。

自杀者在镜子里的映像。

骗子的纸牌。引起垂涎的黄金。

沙漠里云的形状。

万花筒里的每一个图案。

每次的悔恨和泪水。

我们要携手同行，

这一切都必不可少。

亚当是你的灰烬

宝剑会像葡萄串一样剥落。
水晶不比岩石更脆弱。
事物都逃不脱消亡的命运。
铁会成锈。声只是回音。
年轻的父亲亚当是你的灰烬。
最后的乐园是最初的那个。
夜莺和品达无非是声音。
朝霞是夕阳的反映。
迈锡尼人只剩黄金面具。
巍峨的城墙留下凄凉的废墟。
乌尔基萨[1]只是刀下冤魂。

镜子照出的不是昨日的面庞。
一夜的时光已将它耗损。
微妙的时间把我们塑造。

赫拉克利特的寓言里
流水不腐、火焰变幻，
能成为它们何等幸运，
如今在这停滞的漫漫长日，
我觉得无依无靠而持久。

---

1 Justo José de Urquiza（1801—1870），1852 年打败独裁者罗萨斯，1854—1860 年任总统，退休后遭暗杀。

夜晚的故事

人们世代相传，
确立了夜晚的概念。
最初它只是漆黑一团和睡眠，
扎伤光脚板的荆棘，
以及对豺狼的恐惧。
我们永远不会知道
谁创造了那个词，
来指昏晨之间的那段黑暗；
我们永远不会知道
她从哪个世纪开始
代表繁星点点的空间。
别人编造出神话。

说美惠三女神是她的女儿，
专司人们寿命的长短，
人们向她祭献黑羊
和报晨的雄鸡。
迦勒底人给了她十二座房屋，
哲学家芝诺给了她无数世界。
拉丁六韵步诗
和帕斯卡的畏惧塑造了她。
路易斯·德·莱昂[1]在她的领域
看到了自己震撼的灵魂。
如今我们发现她
像陈酒一般回味无穷，
观看她的人无不感到眩晕，
时间赋予她永恒。

没有了精细的工具——眼睛，
不禁认为她并不存在。

---

1 Luis de León（1527—1591），西班牙诗人、散文作家，奥古斯丁会修士，萨拉曼卡大学神学教授，主张进行宗教改革，受到宗教裁判和监禁。著名的诗作有《隐居生活》、《宁静夜》等。

后　　记

任何一件事——一个评论、一次告别、一次邂逅、纸牌的一个有趣的阿拉伯图案——都能激起美感。诗人的使命是用寓言或者韵律反映这种亲切的情感。他掌握的材料——语言——如同斯蒂文森所说，很不适当，甚至到了可笑的程度。依靠那些陈旧的词句——弗朗西斯·培根的名言——和教科书上的修辞技巧，能有什么作为？乍看起来，似乎没有或者很少。然而，斯蒂文森的一页文字或者塞内加的一行诗足以说明这种事并非完全不可能的。为了避免争论，我选择了一些过去的例子；让读者寻找其他的、也许更直接的幸福，从而得到莫大的乐趣。

一本诗集无非是一系列魔术手法。一个功力有限的魔术师靠他有限的手段尽力而为之。不适当的含义、错误的韵律、细微的意义差别都可能搞砸他的把戏。怀特海[1]宣称十全十美的词典是不可能的：这意味着每一事物都应该有一个对应的词。我们是摸着石头过河。世界千变万化，语言一成不变。

在我出版的所有书籍中，这本诗集最能表明我的内心世界。它提到许多书，还涉及内心世界的发现者蒙田。包括罗伯特·伯顿，他写的《忧郁的解剖》——文学史中最具个人特色的作品——可以说是一部丰盈的诗文摘录汇编，没有深厚的功底和广泛的阅读是不可能写出的。正如某些城市和某些人物一样，书籍使我流连忘返，相见恨晚。请容我重复说，我父亲的藏书是我一生最重要的东西。事实上我从未离开过它们，正如阿隆索·吉哈诺从未离开过他的藏书一样。

豪·路·博尔赫斯

一九七七年十月七日，布宜诺斯艾利斯

1 Alfred North Whitehead（1861—1947），英国数学家、哲学家，与罗素合著《数学原理》，有神秘主义倾向，著有《科学与近代世界》等。

图书在版编目(CIP)数据
夜晚的故事 / (阿根廷) 博尔赫斯 (Borges, J. L.) 著;
王永年译. —上海:上海译文出版社, 2016.8 (2025.5重印)
(博尔赫斯全集)
ISBN 978-7-5327-7307-7

Ⅰ. ①夜… Ⅱ. ①博… ②王… Ⅲ. ①诗集-阿根廷-
现代 Ⅳ. ①I783.25

中国版本图书馆CIP数据核字 (2016) 第148661号

JORGE LUIS BORGES
Historia de la noche

Copyright © 1996 by María Kodama
All rights reserved

图字:09-2010-605号

本书由上海市新闻出版专项资金资助出版

夜晚的故事

Historia de la noche

JORGE LUIS BORGES
豪尔赫·路易斯·博尔赫斯 著
王永年 译

出版统筹 赵武平
责任编辑 缪伶超
装帧设计 陆智昌

上海译文出版社有限公司出版、发行
网址: www.yiwen.com.cn
201101 上海市闵行区号景路159弄B座
上海市崇明县裕安印刷厂印刷

开本850×1168 1/32 印张2.5 插页2 字数12,000
2016年8月第1版 2025年5月第8次印刷

ISBN 978-7-5327-7307-7
定价: 38.00元

本书版权为本社独家所有,未经本社同意不得转载、摘编或复制
本书如有质量问题,请与承印厂质量科联系, T: 021-59404766